DOMAINE FRANÇAIS

Editeur : E. Chanet

NUMÉRO SIX

DU MÊME AUTEUR

LE PASSAGE, L'Arche, 1996.
CHAOS DEBOUT – LES NUITS SANS LUNE, L'Arche, 1997.
POINT A LA LIGNE – LA JOUISSANCE DU SCORPION, L'Arche, 1998.
PRIVÉE, L'Arche, 1998.
LE JARDIN DES APPARENCES, Actes Sud - Papiers, 2000.
MATHILDE, Actes Sud - Papiers, 2001.
BORD DE MER, Actes Sud, 2001.

L'auteur remercie le Centre national du Livre
pour l'aide qu'il lui a accordée

© ACTES SUD, 2002
ISBN 2-7427-3927-0

Photographie de couverture :
Le Voile rose (détail), 1984
© John Batho

Véronique Olmi

Numéro six

roman

pour Maxime

Ils sont tous sur la plage. On dirait qu'elle est à eux. La famille Delbast. Le père. La mère. Les six enfants – oui, le fils aîné est là, quelle surprise ! Les autres, les baigneurs, les touristes, sont rentrés chez eux. C'est le soir. Maria, la bonne, se tient à l'écart et regarde la mer en rêvant à l'Espagne.

On décide de faire une photo de famille. Le soleil n'est pas encore couché, la lumière est belle. Le père a retroussé son pantalon, il a les deux pieds dans l'eau, il va prendre la photo. Les enfants s'agglutinent autour de la mère : les plus jeunes à ses pieds, les aînés debout, derrière elle, comme s'ils la protégeaient. Le père leur demande de ne plus bouger, de sourire à l'objectif. Il regarde dans son Leica. Quelques secondes, puis il relève la tête, inquiet. Il les regarde tous. Il les compte. Il les recompte. Son cœur s'emballe. La dernière, Fanny, n'est pas sur la photo. N'est pas dans le groupe. N'est pas sur la plage.

J'ai marché lentement dans la mer. Je n'ai pas eu froid. Je n'ai pas eu peur. La mer ne m'a pas surprise, elle m'a accueillie, elle s'est ouverte pour moi.

J'ai avancé en tenant des deux mains le chapeau bleu qui allait si bien avec la robe. J'ai avancé en regardant droit devant moi. Très vite, l'eau a caché la robe. Je n'avais toujours pas peur. La mer n'était pas immense. Elle était à ma mesure, je ne m'y perdais pas, je m'y promenais. Je me suis accrochée plus fort à mon chapeau quand l'eau a pris mon visage, aussi. C'était doux. Un grand silence. Il n'y avait plus rien. Je suis tombée.

Tu as vu mon chapeau bleu à la surface de la mer déserte. Tu as lâché ton appareil photo. Tu as plongé.

Tu m'as ramenée sur le sable.

Je vis.

Ma place, c'est la dernière. La dernière de la famille, la numéro six comme on me présente quelquefois. Je suis venue sur le tard. Maman se croyait délivrée de ses grossesses, sa ménopause s'annonçait. Mais je suis arrivée.

Patrice, l'aîné, avait vingt ans, il s'apprêtait à quitter la famille, Christophe, le cinquième en avait dix, je venais clore un cercle qui s'était déjà ouvert.

Toi, mon père, tu avais cinquante ans.

Mon âge aujourd'hui.

C'est un peu notre anniversaire...

On pensait que je naîtrais mongolienne, un bébé fabriqué avec un ovule fatigué, des chromosomes peu vaillants. Pas question d'avortement. On est catholiques pratiquants. Je n'ai pas d'illusion : la fausse couche a dû être souhaitée.

Je me suis accrochée.

Ma naissance n'a pas effacé les soupçons. Pendant trois jours on m'a fait passer des tests : est-ce que je tiens ma tête, est-ce que je bois avec vigueur, est-ce que je réagis aux stimuli ?
Je suis normale.
La queue de la comète.

Tu as cent ans. Depuis longtemps déjà, chaque année passée te fragilise un peu plus. Chaque minute qui s'écoule t'use lentement. Tu es un vieux caillou poli par le temps.

Je te garde. C'est moi qui ai trouvé la maison de retraite, tout près de chez moi. Personne ne pouvait te prendre. Les aînés ont de grands appartements et des vies mouvementées : les enfants, les petits-enfants, les voyages, les œuvres de bienfaisance… J'ai un minuscule appartement que je partage avec ma fille de quinze ans, Agathe, et des horaires de secrétaire.

J'ai mis toute mon énergie à trouver cet endroit. Je te voulais près de moi. Dépendant de moi. Quel soulagement pour les aînés, ils n'y croyaient pas, ils ont dit qu'ils pouvaient payer, que le prix ne devait pas être un obstacle, surtout que rien ne m'arrête dans mes recherches.

Rien ne m'a arrêtée.

Et toi, aujourd'hui, tu ne parles plus. Presque plus.
Mais tu es là.

Aujourd'hui c'est samedi. Je ne travaille pas. Tu déjeunes chez moi. Je t'ai aidé à t'asseoir au salon. Tu es assis et tu attends.

Sais-tu qui tu attends ? Agathe, moi, ta femme, ta mère ? L'absence nous réunit, les vivantes et les mortes, ce qui te manque c'est un visage aimé, mais qui aimes-tu ? Souvent tu me demandes où est maman, tu me forces à répéter l'histoire de sa mort : "Maman est morte il y a eu dix ans à Noël, papa." Tu le sais déjà mais tu ne t'y fais pas, tu demandes confirmation, tu dis : "C'est terrible… terrible…" et tu me regardes, ahuri, étonné.

Est-ce que je vais passer ma vie à annoncer la mort de ma mère ?

Aujourd'hui c'est Agathe qui viendra s'asseoir à tes côtés. Elle te prendra la main et vous ne direz rien.

Oui, elle sera là. Un peu. Pour le déjeuner au moins. Après… Après je me ferai du souci. Elle sera avec sa bande de copains. Je les connais à peine. Je veux les connaître et je ne veux pas. Je veux maîtriser la situation et je veux laisser Agathe libre. Je veux la mettre en garde et j'ai peur de voir le mal partout. Est-ce que le mal est partout ? Tout ce qui se lit dans le journal : le viol, les tournantes, la drogue, le racket, tout ça arrive, personne n'est prédestiné à ça, le mal est toujours une surprise, une intrusion dans la vie qu'on avait rêvée. Où ma fille passe-t-elle ses après-midi ? Je pose des limites. Elle les transgresse. Dans mes bons jours je me dis qu'on apprend dans la transgression. Dans les moments noirs je me dis qu'elle me ment. Est-ce moi qui la pousse à mentir, est-ce que je lui coupe les ailes ou est-ce que je la protège ?

Plus tard, elle me le dira. Viendra l'heure des reproches.

Je ne te reproche rien.

Je me souviens.

J'étais souvent seule à la maison avec Maria. La maison était belle mais la chambre de Maria était minable : une pièce sombre, au bout de la cuisine, qui donnait sur une cour minuscule aux murs hauts et noirs. On devait toujours allumer la lumière dans la chambre de la bonne. Ça restait sombre. Même avec la lumière.

Je m'asseyais sur son lit – il n'y avait pas d'autre endroit où s'asseoir. Elle m'apprenait à tricoter. Elle tricotait tout le temps, dès qu'elle avait un moment elle tricotait. C'était sa façon de dire "je t'aime". Elle faisait de grands pulls beiges pour ses enfants. Je les trouvais très laids. Je pensais que ses enfants ne méritaient pas mieux, c'étaient des enfants vilains avec des pulls vilains. Elle envoyait les pulls en Espagne.

Jamais je ne suis arrivée à tricoter. Même le point mousse, même des écharpes, toutes droites, unicolores, jamais. Sans doute les aiguilles sont trop droites pour moi.

Mes doigts s'agitent et butent contre cette rigidité.

L'arrivée de Maria est aussi sombre que la chambre dans laquelle on l'a reléguée. L'arrivée de Maria est un événement. Pour moi.

Maria n'a pas sonné à la porte. On l'a rencontrée dans la rue… C'est là qu'elle nous attendait. Avec d'autres femmes. Toutes en noir, sur la place. Leurs petites valises au bout des bras.

Maman est avec des amies. Elles sont nombreuses à être venues chercher leur bonne. Comment chacune a-t-elle reconnu la sienne ? Le choix s'est-il fait avant l'arrivée ou sur le moment même ? Au faciès ?

Les Espagnoles sont à louer – au rabais. Maman et ses amies disent que les bonnes espagnoles travaillent mieux que les Françaises, même si les perles sont rares. Quand une amie de maman dit en parlant de sa domestique : "c'est une perle", les autres sont admiratives, envieuses, et soulagées aussi que ça existe.

Est-ce que les bonnes savent qu'on les compare à des bijoux ?

C'est impressionnant toutes ces femmes en noir sur la place. Qui attendent que d'autres femmes les choisissent. Elles ont peur. Plus d'elles-mêmes que de la patronne. De la patronne elles s'attendent à tout, elles sont prêtes. Mais peur de ne pas supporter la séparation d'avec leurs petits – la plupart sont mères de famille –, peur de tomber malades, peur de ne pas être choisies peut-être sur cette place. Mais chacune a trouvé une patronne. Cela a fait des couples, d'étranges couples de femmes : la dame et la domestique. Entre elles : l'argent.

Toi, tu as travaillé toute ta vie. On te voyait peu à la maison. Quand tu étais là, le téléphone sonnait. Tu repartais. Tous ces gens qui avaient besoin de toi, qui savaient comment le dire. Tu étais docteur, ils étaient malades.
Je suis tombée malade.

Vous êtes tous à table. Les parents, les oncles, les tantes et les cousins. C'est une famille peuplée de frères et sœurs, de ressemblances, de liens du sang, mais on est si nombreux, le sang se dilue, on nous compare, on nous mesure, parfois même on confond nos prénoms : tu m'appelais rarement "Fanny". Tu disais "Marie" ou "Louise", en t'adressant à moi, mais Marie et Louise c'étaient les autres, mes sœurs aînées. Je répondais quand même.

Vous êtes à table. Table d'adultes. Table d'enfants. Séparés. On ne mélange pas les conversations. La surveillance est relâchée, j'ai pu me lever sans me faire gronder. Je regarde les enfants. Mais ce sont eux qui me voient, et l'un d'eux se met à crier. Les autres l'imitent. Je les dégoûte. Il y a de quoi. Je bave comme un crapaud. Je ne peux plus parler. Plus déglutir. Je ne peux que baver. Ma gorge s'est enflammée, ma vie est bloquée dans ma gorge.

Rhumatismes articulaires aigus et infectieux. Une longue maladie que l'on résume par trois lettres : RAA. J'ai simulé, sans le savoir, cette infection qui fait beaucoup souffrir, dans laquelle les articulations sont si douloureuses que même le contact du drap est insupportable.

Je n'ai jamais souffert.

Je suis restée alitée un an. Sous piqûres antibiotiques pendant sept ans.

Tu as refusé de me soigner. "Un docteur ne soigne pas sa famille."

Tu m'as adressée à un confrère.

Je suis malade. Je passe mes journées au lit. Vous avez votre vie, au-dehors.

Patrice, mon frère, est marié et père de famille. Il dirige une entreprise de maçonnerie. Tu es fier de lui. Il est fier de toi. C'est comme un miroir.

Il vous invite, maman et toi, certains dimanches midi. Sa femme, Micheline, se fait un devoir de vous aimer. Elle y arrive bien. Je me demande comment elle fait tenir ses cheveux, un chignon compliqué plein d'épingles et de laque. En fait, c'est elle que je ne comprends pas, elle est comme sa coiffure : serrée, tenue, artificielle. La marche du monde lui a été donnée au catéchisme, elle suit les préceptes du pape aussi scrupuleusement qu'une recette de cuisine.

Je me demande à quoi elle ressemble le soir quand elle se couche, quand ses cheveux laqués sont défaits.

Maman est sans concession. Elle dit : "Cette petite Micheline n'est pas intelligente."

Ce qui n'est pas gênant pour une femme. Et elle rajoute : "Mais c'est une bonne mère de famille." La belle-fille idéale. Inférieure au fils. Capable d'élever sa progéniture.

Le dimanche midi, durant cette année malade, je déjeune avec Maria. Je ne vois pas que je lui gâche son unique jour de congé, que je l'empêche de sortir. Parfois elle invite ses amies, les autres bonnes, dans sa chambre. Elles se font du café, elles parlent, des heures durant, on dirait qu'elles se vident, je ne comprends pas ce qu'elles disent.
Alors je l'imagine.
Je parle en moi-même, je donne des nouvelles des enfants (pas une seconde je pense que leur mère leur manque, je crois que c'est dans toutes les familles pareil : les parents, les frères et sœurs et la bonne espagnole).
Je parle des patrons aussi. J'imagine que Maria raconte comment mes frères la bousculent et crient quand leurs bottes d'équitation sont mal cirées. Mais Maria se venge : elle dit à ses copines que ce sont des attardés, ils ont plus de vingt ans et vivent toujours chez leurs parents, ils font des études qui n'en finissent pas. J'attaque mes sœurs aussi. Celles que tu n'appelles jamais "Fanny", celles que tu ne confonds

pas : Louise et Marie. La belle et l'intelligente. Oui, c'est comme ça qu'on dit. On dit : "Louise est jolie. Marie est intelligente." Qu'est-ce qu'il me reste ? Je raconte leurs amours avortées, la liaison de Marie avec un homme marié, j'aimerais tellement que tu le saches, que tu sois déçu une bonne fois pour toutes, que tu cesses de l'aimer pour de fausses raisons. J'explique comme Louise est mauvaise, les claques que je reçois dès qu'elle s'énerve. Ce n'est pas la jolie et l'intelligente. C'est la menteuse et la méchante.

Ainsi quand les bonnes parlent entre elles je poursuis ma conversation silencieuse. J'expulse mes rancunes, je fais le bilan de mes journées. J'injurie ma mère, aussi, parfois. J'ai le droit. Ce n'est pas moi qui parle, c'est une bonne.
Mais la première fois que j'ai injurié ma mère, ce n'était pas en espagnol. C'était dans ma langue maternelle. Un soir, je n'étais pas couchée depuis longtemps, à peine endormie j'avais été plongée dans l'angoisse et la terreur. Je m'étais réveillée perdue, la chambre s'était transformée et me menaçait de ses formes, de son faux silence. Instinctivement je m'étais levée et j'avais couru vers maman. Vous étiez tous les deux dans le petit salon, vous buviez du cognac. Dès qu'elle m'a aperçue, maman m'a

renvoyée dans ma chambre, un ordre bref, sans appel. Tu ne t'en es pas mêlé.

Je me suis recouchée et pour conjurer ma peur j'ai insulté ma mère. Pour être forte. Pour résister. Je l'ai haïe avec ferveur. Je ne savais pas que j'avais cette puissance-là, que c'était possible de détester sa mère. J'ai appris. Par la suite j'ai continué.

Maintenant je sais aussi que l'on peut détester chaque être aimé. Par instants. Par douleur.

Quand j'étais petite un jour tu m'as dit : "Avant ta mère j'avais une fiancée." C'était une nouvelle terrible, si honteuse qu'on me l'avait cachée. Tu as ri devant mon air stupide et tu as rajouté : "Elle s'appelait Marianne." J'étais au bord des larmes, choquée, profondément blessée. Tu n'as pas pris la peine de m'expliquer. C'est Jacques qui me l'a dit : "Quelle bêtasse ! il a dit. Marianne, tu sais pas qui c'est ?
— Non.
— Marianne c'est la patrie ! Etre fiancé à Marianne c'est faire la guerre, comme papa !"

La guerre.
La guerre c'était toi. Tu avais raison de parler de fiançailles.

Et c'est devenu une obsession. Cette fiancée. Je voulais la connaître. Comprendre jusqu'où tu étais allé pour elle, ce que tu avais enduré.

La guerre et toi. Une seule et même personne.

La guerre, c'est d'abord le silence.
Il faut faire le silence dans la maison.
Tu es couché. Dans la pénombre. Tu as la migraine. "Papa a la migraine", cette phrase, entendue toute mon enfance, signifie l'arrêt de toute activité, les volets tirés et l'attente : quand sortiras-tu de ta chambre ? Quand annonceras-tu la reprise de notre vie ?
Je ne dois plus jouer, les aînés ne doivent plus faire ni écouter de la musique, rire, parler fort au téléphone, courir dans les escaliers, déambuler dans la maison.
Maria se met au repassage ou lave les vitres. Maman te veille.
La migraine vient de la guerre. Un éclat d'obus dans ton crâne. La guerre t'est rentrée par la tête, jamais elle n'en sortira.

J'ignorais que la guerre c'était surtout le bruit. Que beaucoup de soldats étaient revenus les tympans éclatés, que le bruit avait lâché ses vibrations dans vos corps pour toujours, est-ce pour ça que tes mains tremblent ? Tes grandes mains posées à plat sur tes genoux, dans cette éternelle position d'attente qui est la tienne à présent.

Le bruit remue la terre. La terre tremble, elle bout, monte au ciel et retombe. C'est un grondement qui éclate le paysage, le déchire. Le sol est battu, l'air craque, les arbres se brisent. Tu étouffes. Une fumée jaune, âcre, entre en toi : le nez, la bouche, les yeux, et même les pores de la peau, tout aspire le poison. Ta bouche crie mais la fumée aspire les sons, tu es rendu muet, impuissant, et pourtant il faut que tu appelles. Il faut que tu te déplaces, là, tout près, il y a cet homme à sauver. Rampe jusqu'à lui ! Emile ! Tu peux faire quelque chose pour lui, il est si proche, encore vivant, tellement ton frère, tu le veux, tu veux Emile, tu veux lui dire que tu es là, tu n'arrives pas à le rejoindre mais tu es là, tu ne penses qu'à lui, tu ne le laisseras pas seul, vous êtes ensemble, pour toujours.

La terre éclate. C'est un volcan sans feu, une colère sans dieux.

La fumée t'a asséché, a aspiré l'eau de ton corps, le sang de tes veines, tu deviens la soif, tu n'es plus rien que la soif. Tu tousses, tu suffoques. Ta langue enfle, monte, se craquelle et éclate sous ton palais. Emile est tout près, seul, encore vivant, tu veux lui tendre les bras, mais la soif et la toux te clouent au sol, te tirent, te retiennent... te retiennent...

Et il meurt. A tes côtés.

Tu ne l'as pas fait. Tu n'as pas sauvé ton frère.

Ce cauchemar est éternel. Parfois, il te fait délirer tout haut, parfois il te fait pleurer en silence.

Je ne sais pas ce qui est pire.

Le pire c'est que ce cauchemar soit la vérité : tu n'as pas sauvé ton frère.

Tu n'as jamais été fier d'avoir gagné la guerre. Tu n'as rien gagné. Tu es revenu coupable. La mort d'Emile est incrustée dans ton crâne plus profondément que l'éclat d'obus.

Petite j'écoutais tes délires en serrant fort mon oreiller. J'avais peur de tes cris, parfois tu tombais du lit, ça ne te ressemblait pas, toi, le Dr Delbast, le chef de famille. Tu perdais ta place et j'étais égarée. J'entendais maman te parler avec douceur, la douceur qu'elle n'avait pas eue pour ses enfants. Avec toi elle découvrait des sentiments enfouis, insoupçonnés. Elle t'aimait.

Maintenant il t'arrive de cauchemarder chez moi, le samedi pendant la sieste, dans le petit lit d'Agathe. Oui, après le repas je te couche dans la chambre d'Agathe, cette chambre qui sent l'ambre et l'encens, et je sais que tu aimes cela, l'encens surtout. Cette odeur d'église.

Tu aimais les églises. Tu aimais les messes.

A la guerre tu allais souvent à la messe. Pour chanter. C'est toi qui mènes la chorale ou fais le soliste – tu as un timbre de ténor –, parfois même on te paie pour cela. Quand tu es à l'arrière on te sollicite pour les mariages et les communions... le soldat qui chante. La musique est ta résistance, un moyen de survie.

Tu aimais aussi chanter à la fin des repas, quand il y avait des invités.

Tu ne le proposes jamais. Tu attends qu'on te supplie, même si tu en meurs d'envie. Tu chantes *Faust*, l'air de Valentin : "Avant de quitter ces lieux, sol natal de mes aïeux !" J'aime ce morceau, cet homme qui part à la guerre et qui confie sa sœur à Dieu. Moi, à force d'être la petite sœur de tout le monde, je ne suis celle de personne.

Tu chantes le bras droit projeté en avant, le regard au-dessus des invités, tu prends un plaisir fou. La joie te rajeunit, te donne un air malicieux, tu perds de ta sévérité. Les invités t'admirent et te respectent. Tu les fais rêver. On est bien, tous autour de toi. Maria sort de sa cuisine et t'écoute, tapie dans l'entrebâillement de la porte. Elle n'applaudit pas. Elle s'éclipse en silence dès les premières ovations. Elle attend, pour revenir, que maman la sonne.

Plus personne ne t'emmène à la messe. Plus personne ne te demande de chanter.

Le samedi tu te couches dans le lit d'Agathe. Tu prends toute la place. Depuis que maman est morte tu n'as jamais dormi dans un lit à deux places, tu n'as jamais dormi dans ton lit, il a été donné à un de mes frères je ne sais plus lequel, ils se sont tout partagé, je n'ai pas cherché à comprendre. Quand maman est morte tu n'as pas pu rester seul. Tes meubles, ta vaisselle, tes livres, ton poste de TSF, tout a disparu avant toi, comme si tu étais en retard sur tes objets personnels.

Le monde autour de toi s'est rétréci. Tu as quitté ton lit, tu as quitté ta maison... ton monde est un petit monde. Un monde en réduction.

Les aînés se sont tout partagé. Avec leur sens de l'argent ils ont su évaluer tes tableaux, tes meubles, et les placer dans leurs vastes appartements, si clairs et si riches. Moi, j'ai eu la meilleure part, celle que je voulais, tes lettres de guerre. Ça a été dur. Patrice s'y refusait. Il ne les avait pas lues mais il y tenait. Il disait que ça faisait partie de tes papiers, qu'il ne fallait pas éparpiller les dossiers, j'ai suggéré qu'il me donne les papiers aussi, il a dit que ça ne m'intéresserait pas. Ils ont discuté entre eux. On m'a proposé la batterie de cuisine. J'ai parlé d'un notaire. Ils ont lâché le paquet. Le paquet de lettres.

Je pouvais remonter le cours du temps.

La première lettre n'est pas une lettre de toi, c'est une lettre d'Emile.

"Mon cher petit bleu,
Comment vas-tu maintenant ? Je ne reçois plus de tes nouvelles mais j'espère que ta petite maladie n'est pas trop grave. D'ici quelques jours je vais probablement partir dans l'infanterie comme sous-lieutenant.
Ton vieux frère. Emile"

Ta petite maladie n'était pas grave, mais ton vieux frère est resté jeune à jamais. Aujourd'hui il pourrait être mon fils. Il est mort quinze jours après avoir écrit ces lignes. Tu as dû reconnaître le corps, prévenir tes parents, puis retourner au combat, tuer les Emile d'en face.
Plus tard, tu es devenu médecin. Tu étais celui qu'on appelle. Qui guérit. Qui sauve. Cela n'a rien comblé.

Je t'ai cherché dans ces lettres de guerre. Ce n'est pas mon père que j'ai rencontré. C'est un jeune homme qui écrit à ses parents et qui signe : "Votre petit Louis." Je n'ai jamais entendu personne t'appeler "petit Louis", je ne t'ai jamais entendu te présenter ainsi. Quand as-tu cessé de l'être ? On t'appelait souvent "Delbast". Cela avait un côté autoritaire qui te plaisait sûrement. Delbast était réputé. Un bon médecin. Tu étais aussi "papa", "mon chéri", tu étais plusieurs personnes à la fois, chacun t'avait à sa manière, à sa mesure.

Je t'aurais sûrement beaucoup aimé en petit Louis. Ecrasé par les ordres et le barda. Petit Louis à la guerre, qui demande incessamment de l'argent à ses parents, parce que faire la guerre coûte cher aux soldats. Tu as besoin d'argent pour la nourriture quand tu es à l'arrière, pour payer les femmes qui lavent ton linge, le raccommodent. On t'envoie aussi des colis : les potages

Duval, des vêtements, des antitotos, des piles, des chaussettes… Comment font les soldats sans famille ? Tu les signales à tes parents, tu demandes de leur trouver des marraines et tu partages tes colis. Mais les soldats ne remercient pas petit Louis. Pour eux tu es le caporal Delbast. Le "cabot".

Je porte toujours ton nom. Tu me l'as beaucoup reproché. Je n'ai pas voulu quitter ce nom-là, emprunter celui d'un autre homme. Comment s'appelaient les autres hommes ? Je m'en souviens à peine. L'homme de ma vie, c'est toi.

Si j'avais eu une raison de me marier, une seule, ça aurait été pour me marier à l'église. Pas pour la religion.
Pour entrer dans l'église à ton bras. Elle aurait été pleine. Nous aurions marché lentement dans l'allée centrale.

Et jamais. Jamais nous ne serions arrivés jusqu'à l'autel.

Lorsque j'ai découvert ta correspondance, lorsque j'ai commencé à la lire, je me suis sentie indiscrète. Je fouillais ton histoire, je m'immisçais entre tes parents et toi, c'était impudique. Avais-je le droit ?

Et puis une nuit, j'ai fait un rêve...

J'ai rêvé de ton fauteuil. Ce fauteuil simple, droit, de velours jaune, avec deux accoudoirs en bois. Tu t'y asseyais après chaque repas, tu y prenais ton café avec maman, y lisais ton journal. Personne d'autre que toi n'y prenait place. Même le chat n'osait pas y grimper. Il est chez Marie, à présent.

Dans mon rêve, le fauteuil est double — comme une conversation, exactement. Le velours est rouge, les deux sièges sont soudés entre eux, deux fauteuils jumeaux liés ensemble.

J'avais le droit.

Je t'admirais quand tu montais à cheval.

Pendant un concours hippique je peux rester des heures sous la pluie à t'encourager. Les aînés flirtent dans les écuries avec les fils et les filles de bonne famille. On me prend comme messagère. Je passe les billets doux, j'informe des trahisons, je rapporte des aveux. Je cours de l'un à l'autre, je me veux indispensable.

J'arrête tout quand c'est à toi de concourir. J'entends ton nom au micro, je suis sûre que tout le monde t'attend, que ton nom prononcé publiquement est un événement pour tous. Mon cœur se serre quand j'entends la clochette qui annonce le départ. Tu maîtrises tout. Le temps. L'impulsion. La force. Tu épouses ton cheval, ton corps est fait pour lui, pour l'accompagner, le guider. Je t'encourage en silence, les mots cognent en moi, tu me piétines, les sabots de ton cheval me font mal, je voudrais crier mon admiration. Mais ce sont les aînés qui te félicitent. Ils ont les mots. Les mots techniques et les tournures convenues.

Je sais me venger. Je sais les flouer. Dans leurs histoires de cœur je brouille les pistes, j'invente des mensonges, des confidences, comme une soubrette de théâtre. C'est surtout Jacques que j'aime tromper. Jacques qui se prend pour un artiste et s'autorise des colères de diva. Maman a peur de lui dans ces moments-là, elle redoute ses fureurs. Il casse des bouteilles, il renverse les chaises, il insulte Maria, puis, subitement, devient euphorique. Il aime tout le monde, il dit *"te quiero mucho Maria !"* en la prenant par la taille. Je le déteste. Il sculpte. Il n'est pas doué. Il sculpte pour s'autoriser un caractère d'artiste.

Aujourd'hui il vit comme un pacha et vote extrême droite. Il a soixante-cinq ans et il a peur. Je crois qu'il a toujours eu peur.

Un jour j'ai pensé que si je devenais comme lui tu m'aimerais comme lui. On était à table. Vous parliez entre vous. J'ai décidé subitement d'avoir un fichu caractère, moi aussi, une sacrée personnalité. Maria débarrassait les assiettes à soupe quand je me suis entendue dire : "C'était imbuvable, Maria !" Tu m'as forcée à faire des excuses et à quitter la table. Ça ne t'a pas pris plus de quinze secondes. Mais le pire c'est que Maria n'a rien dit. Elle ne m'aimait pas. J'étais la fille de la patronne. Peut-être même qu'on la payait pour m'apprendre à tricoter.

Je n'avais déçu personne. Ni la bonne. Ni mon père.
Ils n'attendaient rien.

Maintenant, tu attends tout le temps. Agathe va rentrer du collège et te rejoindre.

C'est la petite-fille que tu vois le plus souvent. Tu as peut-être oublié les enfants des aînés. Ironie du sort.

La dernière fois que nous avons dîné chez Jacques... Tout ce monde ! Sa femme, ses trois enfants, ses huit petits-enfants, Agathe, moi... et toi. Fatigué et silencieux. Désorienté. Triste de l'être.

Nous étions en visite. Tout le monde s'était réuni autour de toi, personne ne t'adressait la parole. On parlait de toi comme si tu avais été absent. On évoquait des souvenirs que tu ne saisissais pas, on rappelait des scènes d'anthologie familiale qui se racontent de génération en génération et n'intéressent plus personne.

Tu as tenu tout le repas. Dans cet entrain superficiel, ces rires forcés. A la fin, tu as reculé ta chaise, tu as pris appui sur la table d'une main mal assurée, les petits-enfants de Jacques se sont écriés : "Une chanson ! Une chanson !" en frappant la table de leurs fourchettes. On avait dû leur raconter que grand-père chantait *Faust* à la fin des repas. Ils étaient polis. De la main tu leur as fait signe de se taire, un petit geste tremblant, fatigué. Seule Agathe a compris. Elle est allée à toi, t'a soutenu. Tu lui as dit : "Je veux aller me coucher" et la femme de Jacques s'est écriée : "Dans la chambre bleue ! Dans la chambre bleue ! Au premier !" comme si Agathe était sourde. En soupirant elle a rajouté : "J'ai mis une alèse en plastique."

La première fois que cela t'a pris, c'était dans la rue. J'étais venue vous rendre visite à maman et à toi, on était au marché tous les deux. Soudain, tu es devenu blême. Tu m'as dit : "Il faut que je fasse pipi. Maintenant ! Tout de suite !" On est allés un peu plus loin, des cagettes étaient entreposées, des légumes avariés avaient été jetés. Tu as uriné là. Un peu sur ton pantalon. Un peu sur les cagettes. Une femme t'a vue. Elle a crié : "Regardez-moi ce saligaud qui fait ses saletés ! Salaud, va !" Tu as remonté ta braguette en tremblant, tu n'osais pas la regarder. Je t'ai pris le bras et j'ai dit : "C'est mon père." On est repartis sans se parler, nos paniers vides au bout des bras. Je ne sais plus quelle excuse nous avons donnée à maman. Je m'en suis voulu. J'aurais dû te défendre. J'aurais dû leur dire qui tu étais. Le Dr Delbast. L'ancien de 14.

Mais je me suis tue.

On ne fait pas sa valise quand on part à la guerre. On part pour un ailleurs auquel on ne se prépare pas, dont on ignore tout. On emmène quelques affaires chaudes, du papier à lettres, une bouteille de vin, un saucisson, un petit canif…

Moi, je t'ai vu souvent faire ta valise. Tu partais avec maman. Je restais avec Maria.

Tu parfumais tes mouchoirs à l'eau de lavande avant de les plier soigneusement et de les glisser dans ta valise. Vos escapades sentaient l'eau de lavande et la cire d'abeille : vous partis, Maria cirait les parquets. Elle profitait de ce que les pièces soient vides. Quand je cire mes meubles, mon cœur se serre. Vous me manquez. J'ai l'impression que je vais vous dire au revoir à maman et à toi.

Vous ne me disiez pas au revoir. Vous me laissiez à la bonne.

Ça se voyait que vous vous aimiez. Ça se voyait que vous aviez hâte de vous retrouver tous les deux. Parfois vous disiez : "On nous a pris pour des amants."

J'étais jalouse de maman. Pas seulement de vos voyages. De votre quotidien aussi. Vos discussions le soir que j'entendais de l'autre côté de la cloison, quand j'étais couchée. J'étais jalouse de tout ce que vous aviez à vous dire, et de vos rires. J'étais jalouse de ce vin que tu goûtais pour elle, de cette tasse de café que tu lui tendais, de ces fleurs que tu lui offrais, de cette façon que tu avais de lui toucher la main quand tu lui parlais, de la malice joyeuse avec laquelle tu te moquais d'elle devant tout le monde, comme si elle était incroyable, unique, le personnage principal, l'héroïne de ta vie. Ta femme.

Ta femme morte.

Tout à l'heure je goûterai le vin pour toi, je te tendrai une tasse de café, je caresserai ta main. Nous ne nous dirons rien.

Trois mois après la mort de maman, je t'ai invité à déjeuner dans cette brasserie que vous aimiez tant. La plupart de vos repas en amoureux se faisaient là-bas. La table ronde près de la fenêtre, la plus intime, la plus au calme, vous était réservée.

Je voulais qu'on nous voie ensemble. Que tout le monde sache qu'à présent il fallait compter sur nous deux.

Le patron t'a accueilli en ouvrant les bras, il hésitait entre la joie de te revoir et les condoléances. Quand il a dit : "Docteur ! Docteur !" en allant à toi, tu as grandi subitement. Tout en toi s'est redressé : le regard, le cou, le dos, tu es devenu droit, digne, comme si le sang circulait de nouveau librement. Il t'a pris dans ses bras et t'a murmuré quelques mots désolés que tu as accueillis avec le sourire. J'ignorais que tu étais capable d'entendre parler de maman. De parler d'elle. Et c'est ce que vous avez fait en buvant des kirs. Je ne savais plus comment faire pour que tu cesses de boire.

Au moment de passer à table tu étais épuisé, déjà. Repu de souvenirs. Heureux. Souriant.

Il y avait trop de bruit autour de nous pour que nous puissions discuter vraiment. La petite table ronde à l'écart avait été donnée à un couple d'amoureux.

Tu souriais encore lorsque nous avons quitté la brasserie.

Je ne t'y ai plus jamais emmené.

Agathe dit que je suis trop sévère avec toi. Que je devrais te laisser boire du vin. Le médecin est contre. Bien sûr ce serait facile d'être la gentille fille qui te ferait boire en cachette. Ce serait lâche. Et puis j'aurais trop peur que ça ne te rende malade, que les aînés ne s'en aperçoivent, qu'on ne t'enlève à moi. Je ne veux pas être "une mauvaise fille", comme on dit "une mauvaise mère".

Toujours tu demandes du vin. Toujours on te le refuse.
Tu as beaucoup aimé le vin. Petite, je t'observais quand tu étais à la cave. D'en haut. Je t'observais toujours d'en haut. Je restais sur la première marche de l'escalier si raide, toi, tu étais tout en bas dans cette odeur de poussière humide, de vinaigre et de pierre fraîche. Tu étais loin, l'escalier entre nous était un vrai parcours, il menait

à ce monde secret et sombre où toi seul pouvais t'aventurer. La maison t'était soumise. Tu étais fier quand tu remontais, tu tenais la bouteille poussiéreuse à bout de bras, une fois je t'ai entendu dire à des invités : "Les femmes, c'est comme les bouteilles, il faut les tenir par le cul !" Ils avaient ri. J'étais gênée.

Ta cave était réputée, tu étais connaisseur et généreux. Tu aimais recevoir, partager. On te félicitait pour ton vin. Moi, je croyais qu'on te félicitait parce que tu avais osé descendre à la cave.

On ne te félicite plus. Plus jamais.

Tu étais un soldat que les caves n'effrayaient pas. Tu as vécu quatre ans dans la boue des gourbis, au mieux sur la paille des granges. Tes lettres parlent de rats qui te grimpent dessus pendant ton sommeil et mangent les journaux dont tu te recouvres pour avoir moins froid.

Tes nuits de caporal étaient courtes, dangereuses, glacées ou suffocantes. Aujourd'hui elles sont peuplées de souvenirs perdus et d'amours arrachées. Quand t'es-tu reposé ? Dans les bras de maman, sûrement, tu as su voler des instants de bien-être, tu as su vivre une histoire d'amour.

Je t'envie.

J'ai… quoi ? Cinq ans ? Quatre, peut-être… Six ? je suis jeune. Je suis dans le jardin, avec toi. Tu as mis ton grand tablier bleu et ton chapeau de paille aussi. Un autre que toi aurait l'air ridicule. Tu es le maître. C'est le soir et c'est l'automne. C'est doux. Tu fais brûler des feuilles mortes, je ne te quitte pas des yeux. Tu ne me regardes pas. Tu alimentes le tas, épais, mouvant ; les feuilles ne flambent pas, elles étouffent plutôt, la fumée est dense, aigre. Tu as un grand râteau et des gestes décidés. Tu es fort, c'est toi qui ordonnes la nature, le jardin t'obéit.

Je regarde la fumée qui s'échappe des feuilles mortes, elle est appelée par le ciel, je renverse mon petit cou pour la suivre, je vois le ciel l'accueillir, l'intégrer dans sa couleur et, soudain, je comprends ! Je comprends… C'est toi qui fais les nuages.

Tes lettres. Vous êtes des millions à dire qu'il fait froid et qu'il faut que cela finisse. Vous êtes des millions à continuer. Si vous tombez, on vous remplace. Vous parlez peu. Vous écrivez, et vos mots sont aussi banals que la mort, des mots si simples qu'ils deviennent une énigme.

"C'est bien toujours triste cette vie de tranchée et cet hiver qu'est-ce que cela sera ! Heureusement que je n'y serai plus car je n'y résisterai pas ! Je ne veux pas vous dire que, comme le disent certains journaux, il y a du plaisir dans la tranchée vous le croiriez pas et vaut mieux que je vous dise ce qu'il en est. C'est bien terrible et on ne peut se l'imaginer c'est impossible mais que voulez-vous du moment qu'on en ressort c'est le principal.
Je vous embrasse.
Votre petit Louis."

Le papier sur lequel tu écris m'émeut plus que tes mots. L'application de tes lettres pointues, alors que tu écris sur tes genoux, est plus une manifestation de tendresse que la formule : "Je vous embrasse." Toucher ta lettre est plus concret que la lire.

Tu as souligné : "c'est impossible". Ma recherche est vaine, tu as sûrement raison. Mais je la poursuis.

Je voudrais être ta mémoire.

Tu es l'unique soldat d'une guerre qui bouleversa l'ordre du monde. Tu es la solitude dans la multitude en guenilles.

Tu es la silhouette gelée les nuits de garde, le soldat en faction qui souffle dans ses mains et dont l'haleine est malade.

Tu es le blessé qui geint et qui se demande s'il est déjà mort ou encore vivant et qui ignore ce qui est pire.

Tu es le gradé qui appelle sa mère dans le noir des nuits suspectes.

Tu es l'homme heureux de boire une soupe chaude et de partager une tablette de chocolat, tu es le héros des joies les plus simples dans la tragédie quotidienne.

Et je viens de là. De ton corps vainqueur, presque intact. Je sors de ta nuit.

Entre la terre des tranchées et le cordon à mon ventre il n'y eut qu'une infime attente, quelques années suspendues.

Tu me relies à cette guerre.

Tu me tiens contre ta vie.

La Seconde Guerre mondiale. Engendrée par 14, surgie sur ses ruines fumantes. Il est loin le temps des lettres quotidiennes à tes parents dans ces régions inconnues de l'Est. Quatre ans sans courrier. Sans témoignage. Quelques photos seulement, de mes aînés minuscules, mes aînés en culottes bouffantes, quelque part dans la campagne. Près de Vichy. Vous n'évoquez de ce temps-là que la faim, les manteaux que maman coud elle-même, les sabots l'hiver pour aller à l'école, l'oncle qui vous accueille dans sa ferme, le goût du café et celui du sucre.

Vous vous cachez.

Tu dis… oui… tu dis qu'il faut l'excuser. Pétain. Son âge… Son entourage… Ce vainqueur de 14. Tu étais contre la collaboration, mais quoi ! le vieux maréchal avait fait ce qu'il avait pu, et tu chantais : *Maréchal nous voilà !* comme s'il s'était agi d'un simple chant scout.

Bien sûr, tu as pleuré à l'horreur des camps nazis, mais Louise n'a pas pu l'épouser, Alex Ginzburg... Alex Ginzburg qui avait refusé de se convertir. Tu disais : "Les Juifs et les francs-maçons !" Les Juifs et les francs-maçons... La phrase s'arrêtait là. Un reproche. Sans commentaire.

Tu n'as rien fait de mal. C'est quoi, ne rien faire de mal, en 1940 ? Ne rien faire. Rien.
Un père résistant. Un héros du Vercors. Un silencieux sous la torture. C'est une autre histoire. Ne t'admire pas qui veut.
Tu es l'ombre.
L'ombre et la lumière.

Dès le mois de mai, les dimanches sans concours hippiques, nous faisions de grands pique-niques au bord de l'eau.

Après le déjeuner, tu pêches. Seul. Maman et les aînés cessent enfin de te parler, de te tourner autour. Ils se tiennent à l'écart, lisent, parlent entre eux ou écoutent la radio.

Moi, une fois de plus, je te regarde. Assise à côté de toi, je fais mine d'être passionnée, moi aussi, par la musique de l'eau contre les pierres, par l'attente de la prise. Je me retiens d'aller jouer dans la rivière, je prends un air subjugué : est-ce que ça va mordre ? J'espère bien que non. Je n'aime pas ce silence tendu et subitement l'agitation, la canne à pêche relevée à la hâte, tes jurons, et, surtout, le poisson torturé au bout de la ligne. Mais je veux me rendre utile. A chaque prise je t'approche le seau, je le tiens. Tu n'en as évidemment pas besoin. Tu me laisses faire. Tu ne t'adresses qu'au poisson. Tu dis : "Je t'ai eu, mon cochon !" Je suis surprise qu'un homme aussi intelligent que toi traite un poisson de cochon.

Un dimanche, tu prends une truite plus grosse et plus résistante que les autres. Tu me demandes de la tenir avec un chiffon pendant que tu retires l'hameçon. Je me précipite, j'ai mal à la tête, je suis raide comme un bout de bois, j'ai peur de mal faire. Je prends le chiffon, il est taché de sang – il y a déjà trois poissons asphyxiés dans le seau. Je m'appuie de toutes mes forces sur la truite. Je suis de ton côté. Je dois réussir à l'immobiliser totalement. Ça glisse, ça vit fort sous mes mains, ça s'entête. Tu as du mal avec l'hameçon. Tu déchires la gorge, la bouche, le sang et la chair sortent du poisson vivant qui sursaute encore sous mes mains. Tes doigts tremblent un peu, j'appuie encore lorsque la truite a cessé de bouger. Son œil rond me regarde : la peur dans son œil mort. L'angoisse et le reproche dans son œil mort. Tu jettes la truite dans le seau, et plus fort que d'habitude tu dis : "Je t'ai eu, mon cochon !"

Je me lave les mains à la rivière. Je vois ça pour la première fois : du sang dans l'eau. Comme ça s'en va vite ! On dirait un tour de magie : à peine un filet rouge et tout est transparent, à nouveau.

Je laisse un moment mes mains dans l'eau froide. Ça fait mal. Mes doigts reviennent gercés. J'ai vieilli.

Toi, tu es entré tout doucement dans la vieillesse, comme dans une nouvelle peau. Ça a été une mue lente, insidieuse. De temps à autre, la liaison interrompue entre ton cerveau et ton corps, des ratés dans la transmission, dans la circulation de ton sang mal oxygéné... Au début, tu te battais. Tu allais à contre-courant de ces trahisons. Tu avalais des médicaments de plus en plus nombreux, des cachets de toutes les couleurs qui rythmaient tes journées. Le jour où maman est morte, tu as baissé le rideau. Tu as éteint ta vie. Oui, tu as beau me demander où elle est, me faire répéter, depuis qu'elle est partie tu as lâché prise. C'est à elle que tu tenais, pas à la vie. Moi, quand elle est morte, j'ai pensé que c'était mon tour. J'allais te redonner le goût de vivre, nous allions avoir notre temps. J'étais prête pour le début de notre histoire.

Tu n'étais déjà plus là.

J'ai rencontré un homme il y a deux mois. Il s'appelle Rachid, il vient de Tanger.

Il ne te plairait pas.

Tu avais l'esprit d'un colon, docteur Delbast.

Tu disais que les Sénégalais, ceux-là mêmes qui avaient combattu en 14, étaient de sales sauvages, tu les trouvais lents et frileux. Pendant la guerre d'Algérie tu klaxonnais souvent. Je ne savais pas pourquoi. J'ai compris des années plus tard. La cadence c'était : "Al-gé-rie-fran-çaise ! Al-gé-rie-fran-çaise !" Et cette façon que tu avais de prononcer le mot "fellagha", dents serrées, regard méprisant, je l'entendais comme une injure, une insulte. Tu voulais une France colonialiste.

Les aînés et toi, vous parliez avec fierté de vos colonies, et je pensais qu'il s'agissait de petits bouts de terre que tu avais achetés en Afrique pour y organiser des colonies de vacances pour ces enfants pauvres dont tu parlais si souvent. Tu disais : "Nos écoles. Nos dispensaires. Nos missionnaires." L'Afrique était à toi, tu la partageais avec mes frères et sœurs, c'était une discussion de salon et une fierté nationale.

Je t'aime même réactionnaire. Même antipathique. Je trouve une excuse à tout : le milieu, la génération, l'époque… Tout est bon pour que tu sois digne de mon amour.

Est-ce que je suis digne de toi ?

Je suis secrétaire dans une boîte minable, une chaîne de vêtements bon marché, des vêtements comme tu n'en as jamais porté. Je suis dans les bureaux. Trois de nos sites ont déjà été fermés. Ils ont délocalisé en Asie. Ça circule bien, l'argent. Les hommes, eux, piétinent derrière les frontières, se noient, jettent leurs bébés par-dessus les barbelés, meurent de froid dans les carlingues.

Qu'est-ce que tu sais de tout ça ? Fais-tu encore partie du monde ? Avons-nous un monde commun ?

Ton siècle est le siècle des grands massacres. Tu l'as traversé comme un rescapé. Tous ces bébés nés avec toi et qui n'auront servi qu'au sacrifice, tous ces pères avortés, ces adolescents jamais adultes…

Tes lettres parlent de ces morts qu'on ne va pas toujours chercher sur les champs de bataille, ces cadavres à ciel ouvert, cette mauvaise conscience qui empeste.

Tu as vécu tes dix-huit ans dans un cimetière sans cercueil, tu as connu la mort avant d'avoir pris le temps de vivre.

Je dois la vie aux balles qui ne t'ont pas touché, aux trous d'obus qui t'ont caché, à la blessure qui t'a évité deux mois de tranchée, au soldat tombé devant toi, au contrordre d'un officier, à rien, une parole, un fusil dévié, une nuit noire, un hasard, une seconde en plus, en moins… un équilibre improbable… un miracle…

J'ai dix ans. Maman a une forte grippe, elle doit garder la chambre. Tu te fais du souci. Tu appelles plusieurs fois par jour, tu essaies de rentrer plus tôt, quand tu es là tu t'assieds près de son lit, tu prends tes repas à ses côtés. Je dîne à la cuisine avec Maria.

Un soir, je lui demande de me donner ton plateau et c'est moi qui le porte dans la chambre. Je n'espère pas que tu me dises de rester. J'espère que tu t'inquiètes, que tu aies peur que je n'attrape la grippe. Quand j'entre dans la chambre, tu n'y es pas. Tu te laves les mains dans le cabinet de toilette. Je pose le plateau sur la table basse. Je t'attends. Pour justifier ma présence, je m'occupe de maman. Elle somnole. Je tapote ses oreillers – j'ai vu faire ça dans un film. Tu n'es toujours pas là. Je borde ses couvertures. Tu n'apparais pas.

Je tire les rideaux, comme le fait Maria le matin, des gestes précis d'adulte affairé, décidé. Je me sens utile. Tu sors du cabinet de toilette. D'une voix sourde et furieuse tu me demandes si je n'ai pas honte de déranger ma mère. Je m'en vais.

Je n'ai pas envie de pleurer.

J'ai envie de vous tuer.

Je dis à Maria que tu veux que ce soit moi qui te porte ton café. Avant de le servir j'y verse un peu de produit de vaisselle.

Je monte les escaliers, la tasse tremble dans la soucoupe.

Je m'arrête au seuil de ta porte.

Et je bois.

Le seul de mes frères avec lequel j'ai eu une relation c'était Christophe. Il avait dix ans de plus que moi et grâce à moi il avait lâché la place de "petit dernier".

Souvent le soir je quitte mon lit et je vais m'endormir dans le sien. Il fait ses devoirs. Il y a la lumière allumée et la radio aussi. J'adore ça. Adamo. Je regarde le dos de Christophe, penché sur ses cahiers. Il fume. Je ne cafte pas. Je l'aime bien. Une tendresse discrète, douce. J'aime ses tics, son cheveu sur la langue et ses lunettes cerclées. Ainsi, chaque soir, sans rien nous dire, nous sommes intimes. Il aime que je chauffe son lit. Moi, je me demande quel monde étrange il étudie, quels sont ces devoirs que je ne peux comprendre et qui l'accaparent si tard.

Christophe me raconte parfois votre vie d'avant – d'avant moi. Comment c'était quand les aînés avaient mon âge. Il raconte tes punitions, tes colères, pour des bêtises dont le souvenir maintenant vous fait tous rire. Mes bêtises, je les vis seule. Tu me punis sans témoin, je ne partage pas mes chagrins. S'il m'arrive de les raconter à Christophe, c'est encore pire, je comprends que mes désobéissances, mes écarts, tout cela est vieux. Il connaît déjà ce que je lui raconte, ils sont passés par là, tous les cinq. Ma jeunesse n'est une surprise pour personne. Mon enfance est périmée.

J'envie mes aînés parce qu'ils forment une famille dont tu es le père. Moi, je suis une sorte de regard extérieur, une invitée arrivée en retard. Je les envie mais je ne suis pas jalouse. Je ne les trouve pas assez séduisants pour cela – sauf peut-être Marie, Marie qui ose ne pas être d'accord avec toi. Vous vous disputez à propos de la littérature. Ces disputes vous plaisent, les livres sont prétextes à votre passion, à vos orages.

Marie est presque une vieille dame à présent. L'alcool et les médicaments l'ont usée depuis longtemps. On se parle elle et moi, surtout depuis la mort de son fils Benoît. Elle me dit qu'elle est coupable de cette mort, que c'est elle qui a cédé quand Benoît a demandé une moto. Agathe m'a reproché, un soir, de l'empêcher de vivre, à force d'avoir peur qu'elle ne meure. On ne se fait jamais du souci au bon moment, pour la bonne personne, au bon endroit.

Que craignais-tu pour nous ? Nous étions ton petit peuple, ton public soumis, mais on vous a sûrement empêchés de vous aimer comme vous l'auriez voulu, maman et toi. Trop de monde entre elle et toi, trop de témoins. Mais, en apparence, tout allait bien. Nous étions l'exemple de la famille unie, heureuse et catholique.

A la messe, on arrive toujours en retard pour qu'on nous remarque. On nous remarque. On nous fait de la place, discrètement, le prêtre note notre arrivée.
Toi : la tête dans tes mains, penché en avant, après la communion. C'est un mystère. Le vrai mystère de la religion : de quoi t'accuses-tu ? Y a-t-il des malades que tu n'as pas sauvés ? Des pauvres que tu as fait payer ? Non. Les pauvres tu ne les fais pas payer, maman dit de toi : "C'est un vrai chrétien." Est-ce que tu pries pour nous, tes enfants, pour que Dieu nous protège ? Je veux que ce soit toi qui me protèges, pas une abstraction. Je veux être à ta droite. Etre admise à ton côté. Et régner avec toi.
Je ne prie jamais après la communion. Je te regarde. Tu ne le sais pas. Je vole cette intimité, ton dialogue avec Dieu. Ce dialogue

prend toujours fin au même moment : quand il faut chanter. Tu te relèves sans hésitation. Tu chantes les cantiques avec application, c'est petit Louis devant le maître de chant, c'est le caporal qui veut oublier la guerre dans la musique... mais de l'autre côté de vos églises improvisées dans les prés, dans les granges, il y avait d'autres églises, allemandes celles-là, et des prières jumelles... quels étaient les enfants préférés ? Dieu. Qu'il existe ou non, il t'a peut-être sauvé la vie. Oui, ta confiance t'a sauvé, cette certitude que tu t'en sortirais.

Une revanche sur la mort d'Emile.

Un jour, dans la rue, nous rencontrons un homme, petit, noueux, on dirait un arbre mort. Quand il te voit, ses yeux s'éclairent, comme si tu leur donnais vie. Il se précipite vers toi. Je manque m'élancer au-devant de lui pour l'empêcher de t'approcher. Il a l'air d'un mendiant. Toi, tu t'immobilises. Tu ouvres les bras, il s'y jette. Et vous restez un moment comme ça, à vous tenir, lui et toi, à former ce couple décalé : l'homme fort et l'arbre mort. Maman et Marie sont là aussi, elles se tiennent à l'écart, solennelles. Moi, je ne comprends rien, je ne sais pas comment réagir. Puis le petit homme se recule, ses deux mains tordues serrent tes bras, il te regarde en hochant la tête plusieurs fois, comme un âne, puis il se tourne vers maman. Il lui prend la main, lentement, et la porte à ses lèvres. Tu dis : "Ma femme." Ta voix est enrouée, brisée. Puis tu nous désignes, Marie et moi, et tu dis : "Mes filles." Le petit homme incline la tête en guise de salut, et il revient vers toi. Vous pleurez tous les deux.

Je suis heureuse. Je t'appartiens. Je suis ta fille. Tu l'as dit.

Quand on repart, je t'entends parler de la guerre à maman. Saint-Quentin. Escouade. Régiment. Ainsi, vous êtes deux vieux soldats.

Et, moi, je suis la fille du soldat.

Que la guerre est belle !

Tu aimais les marches en montagne. Tu aimais aller devant nous pour nous guider, tester le terrain, en évaluer la dangerosité. Tu conseillais à maman de suivre tes pas, mais elle n'aimait pas ça "la montagne à vaches", comme elle disait. Elle ne te le montrait pas. C'était une femme des villes. Pas des champs. A la campagne, elle faisait partie de ces personnes qui s'assoient sur les fourmis rouges, se piquent aux orties, excitent les guêpes en croyant les chasser, se tordent les chevilles en descendant les chemins de face. Elle était maladroite dans la nature, elle n'y comprenait rien. Et, évidemment, elle se chaussait mal.

Un jour, nous marchons depuis une heure à peine, quand elle me demande d'échanger ses chaussures contre les miennes. Elle a des pieds minuscules, à peine du 35 (elle dit : "les petits pieds sont signe de noblesse", et tu lui offres des bottines sur mesure).

Elle me demande mes chaussures et j'hésite, vu la stupidité de l'échange : je fais du 37. Elle me supplie comme une enfant, avec une moue boudeuse et entêtée que je déteste aussitôt. Elle me fait un caprice. J'ai treize ans, elle, presque soixante. Elle est prête à tout pour arriver à te suivre, n'importe quel chantage, n'importe quelle aberration. Nous prenons du retard, à tergiverser comme ça. Bien sûr, toi à qui rien n'échappe, tu t'en aperçois. Tu descends vers nous. Dans l'instant, maman se redresse, prend un air hautain et désolé : "Fanny refuse de me prêter ses chaussures." Tu ne m'aurais pas regardée avec un air plus ahuri si je l'avais poussée dans le vide. Ton regard me fait baisser les yeux, je dénoue aussitôt mes chaussures. Maman s'assied sur une pierre. Tu t'agenouilles, tu lui retires ses souliers, tu les délaces lentement, comme si tu la déshabillais avec respect, puis tu les mets dans ton sac. Tu me dis : "Tu marcheras pieds nus. Et tu l'offriras à la Vierge Marie."

Je comprends tout de suite. Je sais que cela se fait. Vous partez souvent en pèlerinage à La Salette. "Vierge de La Salette ! Tous nos cœurs sont à vous !"

Je l'ai fait. J'ai marché pieds nus trois heures durant.

Je n'ai pas eu mal.

J'ai eu honte.

Je n'ai pas offert cette honte à la Vierge. Je lui ai dit au revoir. Plus je marchais, plus je me libérais d'elle, j'avais envie d'écraser les pierres avec mes pieds nus. Plus je marchais, plus j'étais forte, et ce jour-là j'en ai fini avec la religion.

On ne m'avait pas seulement retiré mes chaussures. On m'avait aussi ôté le poids terrible de la culpabilité. J'ai quitté Dieu, la Sainte-Trinité et tous les saints, les martyrs, les apôtres, et j'ai ri en pensant aux cuisses de Marie.

C'était douloureux déjà, d'être différente, trop jeune pour participer à vos discussions, pour sortir avec vous, avoir une opinion. Et, pour ne rien arranger, j'étais mauvaise élève. En décalage constant. Partout.

Je travaillais mal. Je n'assimilais rien, j'étais fermée aux leçons, rien ne me concernait, tout venait d'un autre monde. Les mathématiques, la grammaire, je ne savais pas m'emparer de ces outils-là, j'étais sans appétit, sans désir de savoir.

Je n'arrivais pas non plus à écrire. Les crayons étaient comme les aiguilles à tricoter : trop rigides pour mes doigts nerveux. Je tordais les lettres, j'en faisais des petits tas et mes cahiers étaient souillés, maculés de taches d'encre. Jamais on ne me demandait de venir écrire au tableau. J'enviais les filles qui le matin y inscrivaient la date à la craie, elles dessinaient des lettres rondes, harmonieuses, qui se tenaient bien entre elles, je tentais de les imiter, c'était pire que tout, mes mots enflaient, dépassaient les lignes, on les aurait dits regardés à la loupe. Il y a quelques années j'ai appris que la graphologie s'appliquait aussi aux enfants, qu'un enfant qui écrivait mal était un enfant qui allait mal.

J'écrivais mal, j'étudiais mal, mon année malade passée à la maison n'avait rien arrangé. J'avais des lacunes terribles, on aurait dû me faire redoubler, mais on ne redoublait pas chez les Delbast.
Pour combler l'incapacité à comprendre, à apprendre, je me suis mise à faire le pitre. Il fallait bien être quelque part et cette place-là, au moins, était vacante. Le clown de la classe, c'était moi, l'insolente, la farfelue. Je tenais tête aux professeurs. Qu'étaient-ils comparés à toi ? Des nains insignifiants. Je ne les respectais pas. Le respect et la peur, c'était pour la maison.

Je voulais me faire remarquer, je me suis punie : je rêvais d'être avocate, je suis secrétaire. Un métier pour fille. Sans ambition ni responsabilité. Sans argent non plus. C'est la vraie sanction, ce manque d'argent. Je l'ai peu ressenti jusqu'à la naissance d'Agathe. Maintenant je ne supporte plus de m'entendre lui dire "non" si souvent. Je voudrais que l'on rêve ensemble. On ne rêve pas. On calcule.

Mes disputes avec Agathe sont violentes. De vrais affrontements. Des mises au point. Des mises à mort, aussi. Une fois, dans une terrible colère, elle m'a reproché de n'avoir ni mari ni argent. J'ai pensé que ce n'était pas le manque d'argent qu'elle me reprochait vraiment, mais le manque de père. Petite, elle avait essayé de dessiner ce père qu'elle n'a jamais vu. Elle a dessiné un visage sans les yeux et la bouche, qu'elle tient de moi, en pensant que le reste leur était commun. Elle s'est regardée dans un miroir et a dessiné son front, ses joues, son menton et son nez. Une sorte de gueule cassée, tu vois. Ça ne voulait rien dire, ça ne représentait personne. Elle m'a dit "papa se ressemble pas", et elle a déchiré la feuille.

Toi non plus tu ne te ressembles pas. Tu me guettes. C'est nouveau, n'est-ce pas ? Tu me guettes depuis que tu vis dans cette maison de retraite, cette communauté où l'on se dit plus souvent "adieu" qu'"au revoir". Quand j'arrive dans ta chambre, tu me souris. J'embrasse tes joues fines et mal rasées – tu ne te rases plus toi-même, les filles de salle te rasent mal, il faut sûrement beaucoup aimer quelqu'un pour lui faire sa toilette.

Je t'aime mais je ne pourrais pas te laver. J'ai besoin que tu ne sois pas seulement un vieil homme dépendant, j'ai besoin que tu aies encore ta dignité. Je me prépare pour toi. Je veux te faire honneur, te faire oublier que tu te pisses dessus et que tu ne te laves plus toi-même. Je ne sais pas si je te fais honneur… L'honneur !

Il y avait, dans la petite bibliothèque vitrée du salon, des médailles militaires. Beaucoup. Pendant des années je suis passée devant sans y prêter attention. Les médailles ne font pas rêver les petites filles. Pourquoi est-ce qu'un jour ça m'a intéressée… Je t'ai demandé ce que c'était. Tu m'as dit que tu les avais eues à la guerre. Tu as ouvert la vitrine. Tu as sorti une médaille qui pendait au bout d'un ruban rouge, tu m'as dit : "Ce n'est pas la légion d'honneur qu'on aurait dû me donner, mais la légion d'horreur." Et tu as reposé la médaille avant de fermer la vitrine. Comme je m'en veux ! Je n'ai pas réagi, j'essayais de comprendre ce que tu venais de me dire (j'avais sept ou huit ans) et, toi, tu n'as pas eu la patience d'attendre.

Dans tes lettres tu ne parles ni d'honneur ni d'horreur. Tu épargnes tes parents, tu ne veux pas qu'ils se fassent trop de souci. Dans l'une d'elles j'ai retrouvé une petite fleur séchée. Tu avais écrit : "Je vous joins une petite fleur cueillie ce matin sur le bord de la tranchée de défense au son des marmites boches ! Vivement la fin, encore cinq ou six mois ?" On est en 1915.

Et celle-ci : "Envoyez-moi une violette du jardin, car ici les violettes je ne sais pas quand je les sentirai. Mais on parle de paix. Je ne peux pas vous en dire plus. Enfin, j'ai de bons tuyaux." C'est l'hiver 1917.

Les fleurs, tu as toujours vécu avec. Ton jardin en était plein, tu en étais fier, tu les aimais.

Il n'y a pas de jardin dans la maison de retraite. Une terrasse déserte, une cour recouverte de gravier. En face habite un vieux monsieur. Il a une maison en meulière et un jardin, modeste. Quand tu es arrivé, tu as observé ce voisin chanceux. Plusieurs jours sans rien dire. Et puis tu as traversé la rue. Tu as sonné chez lui, tu lui as proposé tes services, il a accepté, à peine surpris. L'ancien maître, le faiseur de nuages, est devenu le jardinier bénévole d'un retraité des Postes.

Tu as aimé toutes les fleurs. Celles des tranchées et celles des étrangers, celles que tu n'avais pas plantées et celles que tu n'offrirais pas.

Je ne vais jamais te voir sans un bouquet. Le plus souvent des violettes à cause

de la chanson que tu chantais à maman :
"Qui veut mon bouquet de violettes ? Mesdames, c'est un porte-bonheur !" Tu ne fredonnes pas. Mais tu souris. Tu les respires et tu souris.

Christophe. Le seul qui ne soit pas parti. Le seul que tu aies chassé. Qui ne s'en est jamais remis. Vous avez fait la paix, des années après le drame, quand Christophe vous a invités à son mariage. Mais le pardon n'a pas effacé la blessure. Christophe avait quitté la maison comme un assassin et c'est ainsi qu'il se considère. Au moment des faits j'étais trop jeune pour tout saisir. Je comprenais qu'il s'agissait d'une histoire d'amour et de sang dont tu avais été le témoin. C'est plus tard, à la naissance de son premier enfant, que Christophe m'a raconté, cette naissance avait fait ressurgir la douleur. Christophe... Cette tache soudain, dans notre vie si propre.

Il avait dix-huit ans. Il aimait la mère de son meilleur ami, Paul. Elle s'appelait Elisabeth. C'était une femme douce, un peu alanguie, qui s'ennuyait chez elle. Son mari était absent la plupart du temps. Cela se faisait beaucoup à l'époque. Les hommes

rentraient chez eux pour manger et dormir
– seulement dormir quand ils avaient des
maîtresses qu'ils camouflaient en repas
d'affaires. Le mari d'Elisabeth devait avoir
une maîtresse : il acceptait sans peine de
croire aux migraines et aux indispositions
de sa femme. Christophe a découvert la
sexualité avec cet être doux et malheureux.
Elle, elle devait aimer sa timidité et sa
pudeur, elle a dû lui enseigner des gestes
et des caresses, et découvrir la jouissance
en même temps que lui.

Paul, le fils et l'ami, n'en savait rien. Christophe et Elisabeth se voyaient en cachette. Je me souviens que les tics de Christophe avaient presque disparu. Il a dû être heureux.

Et puis il y a eu ce soir où tout s'est arrêté. Nous étions à table, Christophe n'était pas rentré, maman s'inquiétait, il prévenait toujours quand il avait du retard. Le téléphone a sonné, c'est toi qui as répondu. Ton visage a perdu sa couleur, on aurait dit que ta peau devenait fine, prête à se déchirer. Tu as entraîné maman dans le salon. Quelques minutes plus tard, tu partais.

Pourquoi est-ce toi qu'il a appelé ? Il y avait d'autres docteurs…

C'était dans un hôtel bon marché. Elisabeth se vidait de son sang. Tu l'as fait transférer à l'hôpital où elle est morte quelques heures plus tard d'une hémorragie. Un avortement clandestin. Christophe était resté près d'elle toute la journée sans savoir que faire, il l'avait regardée mourir en priant Dieu de le sortir de ce cauchemar... Dix-huit ans ! A l'époque les adolescents savaient si peu de chose, la sexualité chez nous était si taboue... si criminelle.

Tu lui as fait quitter la maison. On m'a donné sa chambre. Le lit était glacé, je n'arrivais plus à le réchauffer. Christophe avait laissé un paquet de gauloises entamé et tous ses cours. Il est parti vite. Comme on meurt. Je n'ai jamais allumé sa radio.

Chez les Delbast la sexualité n'existait pas. Nous étions tous des anges, des êtres sans mémoire, sans mémoire de nos sexes. Chez les Delbast on n'excisait pas les petites filles, on travaillait, avec acharnement, leur cerveau. Les garçons, on les mettait simplement en garde. On ne leur disait pas ouvertement contre quoi, on ne nommait pas les choses. On leur demandait de se retenir, de se "garder" pour leur femme, tout en n'y croyant pas vraiment, tout en priant pour. Christophe vous a trahis, tu as dit "salis".

La virginité des filles Delbast était sacrée. Le but essentiel de l'éducation était de nous faire arriver vierges au mariage. C'était une obsession, un idéal absolu, la source de toutes vos inquiétudes. Je ne connais pas d'amie dans mon cas. Je ne peux partager cette névrose de mon enfance avec aucune. C'est comme si je venais du siècle d'avant, comme si je n'avais pas fait partie de mon époque, comme si j'étais née vieille. Je ne suis pas arrivée, heureusement, à suivre ces préceptes d'un autre âge, d'une autre culture. Mais nous sommes restés cinq ans sans nous voir. Quand j'ai quitté la maison, quand tu as compris que les hommes étaient chez moi de passage, pas de mari en vue pour prendre ton relais, tu as coupé les ponts. Ça m'a fait du bien, alors, de ne plus vivre sous ton regard, de ne plus rendre de comptes.

De dix-neuf à vingt-quatre ans, je ne t'ai pas vu. Et puis un jour, tu as sonné chez moi. Tu m'as simplement demandé si je pouvais te faire un café. J'ai dit oui. Tout de suite. Sans hésiter. Je tremblais. Mon sang – ce sang qui nous était commun – galopait en moi, courait, tournait sur lui-même. Et nous avons parlé de ton jardin. Tu disais que l'hiver était en retard, tu n'aimais pas ça, les saisons en demi-teinte, tu craignais de ne plus t'y reconnaître. Tu parlais des saisons et j'avais l'impression que c'était de nous deux qu'il s'agissait, c'est ce que je voulais croire, je voulais croire que tu étais venu m'avouer ton désarroi. Pourquoi es-tu venu ? Quelle est la part de moi qui te manquait ? Un objet, un parfum, une parole t'avaient-ils fait penser à moi ? Peut-être, la tête dans tes mains, après la communion… non ! Tu n'es pas venu par devoir, ce n'est pas le "bon chrétien" qui a frappé à ma porte. C'est le père. C'est aussi simple que cela. J'étais une fille qui avait manqué à son père. Comme j'avais bien fait de m'en aller ! Pour ce geste-là, cette reddition, ce genou à terre que tu m'offrais. Oui, l'hiver était en retard, il se vengerait, il y aurait sûrement des gelées tardives, parle, parle-moi de tes arbres, je t'ai manqué, parle-moi de ce massif de pivoines qui donne encore, je t'ai manqué, parle-moi de l'entêtement des jonquilles, je t'ai manqué, parle-moi de cette rose sur le rosier mort, je t'ai manqué !

On ne s'est pas embrassés ce jour-là, on ne s'est pas touchés.

Mais on s'est retrouvés.

Maintenant, c'est tout ce qui reste entre nous : le contact physique. S'embrasser, se tenir la main, te donner le bras pour marcher, pour t'asseoir, pour t'allonger, caresser ta joue, redresser ton col, faire tes lacets…

Tu es l'un des derniers survivants de 14. Chaque année des soldats oubliés sont médaillés sur les Champs-Elysées. La cérémonie est brève. Ils ont du mal à tenir debout et pourtant tout leur effort est tendu vers ce but : se tenir droit. La tête haute. Les héros ne sont jamais assis. Les héros sont en marche. Sur les monuments aux morts ils s'élancent parfois le bras en avant, comme toi quand tu chantais l'opéra. Ils s'élancent de bon cœur, ils sauvent la patrie avec autant d'empressement que tu m'as sauvée de la noyade. On dirait qu'on vient de les sonner et qu'ils n'attendaient que ça. Ils sont pressés. Pas parce qu'on leur tire dans le dos... non... parce qu'on les appelle. Les "appelés". Les élus.

Les soldats des monuments aux morts sont toujours en pleine santé. On n'en voit jamais un s'appuyer sur sa jambe de bois, on n'en voit jamais un le nez en moins, comme les statues antiques, on n'en voit

jamais un crotté, souillé, blessé. Les soldats des monuments sont bien habillés, ils sont réglementaires, pareils à des prototypes. Ils n'ont jamais de chagrin.
 Les soldats de pierre.

"Quant aux rêves je n'en ai pas beaucoup en ce moment (puisque je ne dors pas) j'ai beaucoup rêvé à la maison il y a plusieurs jours mais je ne me souviens plus de rien."
Le 2 décembre 1915, en première ligne.

"Je me suis endormi entre deux cours et le nez dans mon casque je faisais des rêves."
Le 21 juin 1916. Tu suis des cours d'artillerie.

"J'ai eu beaucoup de fièvre cette nuit, je claquais des dents et j'ai déliré je crois, les copains disent que j'ai parlé en rêvant."
26 mars 1917. Le gourbi.

"La nuit dernière j'ai rêvé aussi, mais du cauchemar."
Le 11 avril 1917.

Et si à la place des lettres rassurantes et censurées tu n'avais écrit que tes rêves ? Rêves de soldat en temps de guerre. Auraient-elles avoué ?

Ils étaient tous partis. Les aînés. Tous mariés. Tous dans leur case. Attelés à la reproduction.

Je restais seule avec vous. J'avais quinze ans le jour où un ami m'a désignée et a demandé en riant : "Et celle-là, Louis, quand est-ce que tu la maries ?" Tu as répondu : "Pas encore ! Celle-là, c'est mon bâton de vieillesse !"

Et vous avez ri. Et l'ami a dit : "Ne parle pas comme ça, Louis. Tu n'es pas si vieux."

Mais quand on vit cent ans, papa, on passe la moitié de sa vie à être vieux.
Ne t'en fais pas.
Il est solide. Le bâton.

Et je suis devenue la fille unique d'une famille nombreuse. Je suis rentrée au lycée, ce lycée qui avait accueilli mes sœurs avant moi. Je me faisais des amies, je découvrais avec surprise que tout le monde n'avait pas cinq frères et sœurs, qu'ils n'étaient pas tous riches et catholiques.

Mais, étrangement, plus je rêvais de me distinguer, plus je parlais comme vous. J'avais vos opinions, vos tics de langage, tes expressions parfois. J'étais imprégnée de la maison. J'étais des vôtres plus que je ne le voulais, pas quand je le voulais. Quelle était ma place ? Fanny "la numéro six". C'est ça que j'ai essayé d'être : un sacré numéro. Aujourd'hui ma vie est banale… si tu voyais réellement qui je suis !

Les aînés n'étaient pas là, mais ils étaient encore plus présents qu'avant. Vous étiez tournés vers leur futur. Les mariages, les installations, les vies professionnelles, vous vous mêliez de tout, ils vous demandaient conseil, guettaient votre approbation. Vous n'aviez jamais un mot méchant envers leurs conjoints. Jamais un mot gentil non plus. Vous estimiez que, pour les conjoints, faire partie de la famille Delbast était un privilège, une promotion. Les belles-filles respectaient maman et te craignaient, les gendres essayaient d'être à la hauteur, ils lisaient les mêmes journaux que toi, écoutaient tes analyses en hochant la tête, tu étais l'homme d'expérience incontournable.

Ta fragilité, tu la cachais.

Ta fragilité c'étaient tes cauchemars.

Tes migraines d'ancien soldat.

C'était maman le soir, que j'entendais te dire qu'elle t'aimait et te souhaiter une bonne nuit.

Mon père. Fort et fragile. Autoritaire et aimant. Les aînés ne te voyaient pas ainsi. Ils n'avaient pas eu comme moi un père vieillissant, ils n'avaient jamais été trois à table… mais peut-être que ce sont eux qui te donnaient ton énergie. Ma seule petite présence ne pouvait t'empêcher de décliner.

Et puis sont arrivés les petits-enfants. C'est Patrice le premier qui a eu un bébé, et comme il fait toujours bien les choses il a commencé par un fils. L'année d'après il en a eu un deuxième. Les enfants se faisaient, selon ton expression : "par série". Il fallait qu'ils soient rapprochés et que l'aîné naisse dans les deux premières années qui suivaient le mariage. Au plus tard. Moi, je ne faisais pas partie de votre série.

Quand Patrice et Micheline venaient à la maison avec les bébés, on disait : "voilà les Patrice", car non seulement la femme prenait le nom de son mari, mais, chez nous, même le prénom lui était attribué. Souvent j'entendais : "Comment ça va chez les Jacques ?", "les Patrice seront là dimanche". Le clan Delbast, la "tribu" comme tu nous appelais.
J'ai souffert quand le premier petit-fils est arrivé. Je n'étais même plus la dernière,

ça suivait encore derrière moi, je ne concluais rien, je passais. Vous êtes devenus toqués de cet enfant, maman et toi. On aurait dit que c'était le premier de votre vie. Maman se faisait tendre, toi, tu lui donnais même le biberon ! C'est vrai que depuis je t'ai toujours vu attendri par les nouveau-nés, les tout-petits. Des êtres sans point de vue, tout en regards et en caresses. La communication passe, entre eux et toi.

Evidemment, aucun bébé ne franchira le seuil de la maison de retraite. C'est un lieu qui ne reconnaît qu'un seul âge à la vie.

J'ai déjà dix-huit ans quand tu te lèves la nuit en cachette. Tu as soixante-huit ans, tu n'exerces plus, aucun malade ne te réveille, tes nuits semblent calmes.

Tu vieillis. Le docteur te trouve trop gros, tu as du cholestérol, tu dois suivre un régime. Maman l'applique – te l'applique – à la lettre. Elle rationne, tu la supplies, elle tient bon. Votre rapport déjà s'inverse, insensiblement tu deviens le petit garçon de ta femme, elle prend de l'autorité sur toi, elle te surveille, tu ne bronches pas.

Mais tu as faim.

La nuit tu te lèves. Tu ouvres le Frigidaire et tu te mets à table : lait, yaourts, tranches de pain, tu y vas de bon cœur. Maman finit toujours par s'en apercevoir. Elle finit toujours par se réveiller, par te rejoindre et tout remettre au Frigidaire. Elle prend un ton désolé, elle te gronde doucement, fermement, tu te recouches.

Une nuit, c'est moi qui te surprends. Avant elle. Penché sur ton bol de lait, dans la pénombre, tu bois en essayant de faire le moins de bruit possible. Je m'assieds à côté de toi, je n'ai pas faim. Je mange. Ce n'est plus elle qui fait la loi.

1968 m'a aidée à grandir. Je ne savais pas qu'on était si nombreux à vivre la tête baissée. A avoir envie. De vivre. De faire l'amour. De tout renverser. De ne plus obéir.

Je manifestais. Je prenais le micro, ma voix résonnait… et enfin, je ne parlais plus comme toi.

Mai 68 m'a sauvée.

Toi, tu as pleuré. Quand les étudiants ont traité les poilus de cons.

Tu t'étais battu pour des enfants qui te crachaient à la figure avec joie et vitalité. C'était ta deuxième défaite après la mort d'Emile. Et celle-là était imprévue.

J'ai eu mal pour toi, mais j'évitais d'y penser. C'est plus tard que j'ai lu tes lettres, que je me suis penchée sur ta jeunesse sacrifiée, plus tard, parce que tu avais tellement vieilli, parce que c'était toi, alors, qui baissais la tête et tendais les bras.

Tes lettres.
Des souvenirs épars.
Tu ne racontes pas les combats. Ce ne sont pas quatre années de stratégie. Ce sont quatre années de détails, parfois terribles, parfois infimes : les lampes à huile, la moustache "pour éviter la prison", l'envie de se déchausser, les ruses pour échapper au vaccin, les retards de courrier, les problèmes d'argent, l'espoir de la paix, les examens, les cours d'artillerie, le froid aux mains qui fait pleurer, l'attente de la paix, les travaux dans les tranchées après quarante kilomètres de marche, l'espoir de la perm, les gardes de nuit seul, par moins vingt degrés, le cafard "à mille pattes", l'espoir de la perm, le raccommodage, l'obus qui tombe sur l'escouade d'à côté, la mort du vaguemestre, les mensonges des journaux, l'attente de la perm, la jambe mécanique gratis, le caleçon réglementaire, la pluie cinq jours de suite, le rhum, la grêle,

la neige, le lait qui manque pour se nettoyer l'intérieur du corps après avoir tellement mangé de terre, les cadavres qu'il faut charrier, la peur de se faire tirer dessus en allant faire ses besoins, la gnôle, quatorze jours sans sommeil, le report de la perm, les rats tués par les gaz, l'épuisement nerveux, la quinine, les tuyaux sur la paix, l'eau jusqu'aux fesses, la censure, la colique, le bismuth, le chocolat, la perm annulée, les marches après quarante-sept jours de tranchée, le ciboulot toujours en mouvement, les galoches à réparer, le pain blanc et le lait chaud, la lessive, la rencontre avec des gars du pays, la blessure à Verdun, la mort du copain, le cantonnement, le dépôt, les cirés faits par Michelin, les Américains et leurs appareils photos, l'espoir de la paix, le médium qui soigne, les glaçons pour se laver, la faim, quinze kilomètres de marche dans la neige, l'espoir de la perm, les travaux de génie, les tramways de Nancy, la nuit à errer en revenant d'un village, les colis, les lettres brûlées, le pain mendié à des automobilistes, la paix promise, le suicide d'un poilu, le curé qui s'appelle le père Laguerre, le stage de fusil automatique, le menu du 14 Juillet, la montre rongée d'humidité, la perm dans quinze jours, un bain, une confession dans un champ de blé, la boue jusqu'aux poches, les éternels "bons tuyaux", la perm annulée, la paie des tranchées : sept francs, une cathédrale en ruine, l'escouade décimée, des romans, une paire d'espadrilles, la paix reculée, des fleurs cueillies pour décorer l'église, les boutons de fièvre et la teinture d'iode, le cafard parce qu'il fait beau, un œil blessé par des chevaux de frise, les gaz, l'évacuation à l'hôpital, l'hémoptysie, les plaques dans la bouche, la marraine de guerre, les fous rires avec un gars du Midi "et quart", une gastroentérite, le refus d'aller chercher un Boche dans son poste d'écoute, les députés assassins, la graphologie, les conférences sur le fusil-mitrailleur, la vermine, le cinéma, la messe de minuit, les moustaches frisées, les Américaines, les arbres de Noël pour les enfants des villages reconquis, le théâtre.

Pas de perm.

La paix.

Le retour sans ton frère.

On ne fait que croiser ses parents. On partage un temps de vie avec eux, on s'en va, puis on se souvient. Et on les rappelle.

C'est un privilège de te voir vieillir. Une souffrance et un privilège. C'est ça aussi, la vie, ce qui s'amenuise, ce qui s'en va, doucement, douloureusement.

Je suis arrivée trop tard dans ta vie, mais j'y serai jusqu'au bout.

Tu me vois avec Agathe. Deux, c'est un bon chiffre, on ne s'y perd pas. Les autres, les aînés, ont eu vingt enfants à eux cinq et cinquante-huit petits-enfants. Tu ne pourrais même pas les nommer.

Ils ont tenu à fêter tes cent ans, en février dernier. Ils avaient chargé leurs appareils photos et leurs caméscopes, ils avaient écrit des discours. Ça a été compliqué de trouver une date, on aurait dû faire comme pour un décès, en choisir une au hasard et s'y tenir. Patrice et Micheline ont joué les incontournables : ce sont eux qui ont tout organisé dans leur propriété normande. Il y a eu un grand buffet commandé chez le meilleur traiteur de Honfleur, les enfants se sont partagé la note, j'avais mis de côté.

Nous avons fait une grande fête. A laquelle tu n'étais pas. Tu as été pris de coliques la veille. Pas question de te sortir du lit. Pas question non plus de jeter les petits fours. On a bu en ton honneur. On a fait nos discours, on a porté des toasts. Moi, j'ai lu ces extraits de tes lettres de guerre qui parlent de rêves. Ça n'a pas eu de succès. Marie m'a dit : "A la guerre, papa ne rêvait pas, il se battait." Micheline a expliqué à ses petits-enfants qu'il ne fallait jamais sortir une phrase de son contexte, que tu étais un grand héros, que c'est grâce à toi si on parlait tous français, même les gens de l'Est avec leur drôle d'accent. Elle s'est fatiguée pour rien, les petits-enfants n'avaient pas écouté les discours. Il y a eu une messe aussi. En plein air. "Très sympa", ont dit les plus libérés. Depuis plus de trente ans je n'avais pas entendu de cantiques. C'étaient les mêmes qu'autrefois. Ces chants m'ont émue. Pourquoi pleurer un temps dans lequel je n'ai pas été heureuse ?

Christophe a beaucoup vieilli, on le prendrait pour ton frère. Il a revu il y a peu son ami Paul, le fils d'Elisabeth. Il vit avec un homme depuis quinze ans. Son père est mort en tombant dans les escaliers il y a vingt ans déjà. Il habitait seul dans la grande maison d'autrefois.

Les maisons nous survivent.

Celle de mon enfance va bien. Je croyais ne pas y penser, je la savais proche mais je n'y allais pas, je ne l'ai jamais montrée à Agathe. Je l'ai revue il n'y a pas longtemps. J'y suis allée sans raison, sur un coup de tête.

Elle m'a paru plus petite et le jardin aussi. C'est un jardin sage, fonctionnel. On doit y prendre le café… il n'y a plus de feuilles mortes à brûler.

On ne se remet pas de son enfance. Quand je suis rentrée chez moi j'ai été prise d'une violente migraine ophtalmique. Je n'y voyais plus, je me suis couchée dans le noir, comme toi avec tes migraines de soldat, comme toi, la veille de fêter tes cent ans.

Je t'ai rapporté une part de ton gâteau d'anniversaire avec le nombre "100" posé dessus. La part était trop petite pour les trois bougies, je ne les ai pas allumées. Tu as mangé le gâteau.

J'ai pris une photo.

Bientôt ce sera toi qui entreras lentement dans la mer.

J'espère qu'elle saura vous accueillir, toi et ton siècle, qu'elle te prendra tout entier, de petit Louis à vieux Louis, sans oublier aucune date.

Je serai là, comme tu l'as été pour moi, mais je ne plongerai pas pour te sauver.

OUVRAGE RÉALISÉ
PAR L'ATELIER GRAPHIQUE ACTES SUD
REPRODUIT ET ACHEVÉ D'IMPRIMER
EN DÉCEMBRE 2002
PAR L'IMPRIMERIE FLOCH
A MAYENNE
POUR LE COMPTE DES ÉDITIONS
ACTES SUD
LE MÉJAN
PLACE NINA-BERBEROVA
13200 ARLES

DÉPÔT LÉGAL
1ʳᵉ ÉDITION : AOÛT 2002
N° impr. : 55952.
(Imprimé en France)